Die Kainsprung – Hexe

Yvonne Bauer

Die Kainsprung-Hexe

Kurzgeschichte

Bibliografische Information der Deutschen Nationalbibliothek:
Die Deutsche Nationalbibliothek verzeichnet diese Publikation in der Deutschen Nationalbibliografie; detaillierte bibliografische Daten sind im Internet über http://dnb.dnb.de abrufbar.

Die Kainsprung-Hexe
© *2014 Yvonne Bauer*
Covergestaltung und Fotos: **Yvonne Bauer**

Herstellung und Verlag: BoD – Books on Demand, Norderstedt

ISBN: 978-3-7347-7560-4

*E*s war kalt. Ich zitterte am ganzen Körper. Vorsichtig blinzelnd versuchte ich etwas um mich herum zu erkennen. Es war aber so dunkel, dass ich nicht einmal meine eigene Hand vor den Augen sehen konnte.

Meine Füße fühlen sich feucht an, was wohl daran lag, dass ich bis zum Bauchnabel im Wasser lag. Nur mit allergrößter Anstrengung gelang es mir, meine steif gefrorenen Beine aus dem kalten Nass an meinen Körper heranzuziehen. Seile waren um meine Handgelenke und um die Füße geschlungen und scheuerten unangenehm auf meiner Haut.

Was ging hier vor? Was war passiert?

Mein Kopf war genauso erfroren wie der Rest meines Körpers. Es gelang mir einfach nicht, meine Gedanken zu ordnen. Bruchstückhaft blitzen Bilder vor meinem geistigen Auge auf.

Da waren Menschen – viele Menschen – und sie riefen meinen Namen. Ein Mann zerrte an meinem langen schwarzen Haar, das ungewaschen und in Strähnen über meinen unbedeckten Brüsten herunterhing. Ich war nackt.

Wieso war ich nackt?

Ein Stein traf mich am Bauch, ein weiterer am Kopf. Ich merkte, wie Blut warm und feucht an meiner Schläfe herunterlief.

Vorsichtig tastete ich mit zusammengebundenen Händen nach meiner Stirn. Ein stechender Schmerz durchfuhr mich und lies mich zusammenzucken.
Meine Haut war feucht an der Stelle, die meine Finger eben noch berührt hatten. Blutete ich weiterhin oder war es einfach nur die Nässe aus meinen Haaren? Ich konnte wegen der Dunkelheit immer noch nichts erkennen, weshalb diese Frage vorerst unbeantwortet blieb.
Abwechseln rieb ich meine Waden und Schienbeine, was mit zusammengebundenen Händen nur schwierig zu bewerkstelligen war. Ich hörte das rhythmische Klappern meiner aufeinandertreffenden Zähne. Das Zittern hörte einfach nicht auf. Ich musste wohl oder übel warten, bis die Sonne aufgehen würde, damit wieder etwas Gefühl in meine eiskalten Glieder kam.
Vorsichtig bewegte ich mich rückwärts, in dem ich die Fersen in den von feuchten Blättern bedeckten Boden rammte und mich mit aller Kraft dagegen stemmte. Eine Wurzel pikste in meinen Hintern, meine Haare verfingen sich in den Ästen, Dornen zerkratzten mein Gesicht. Das störte mich nicht, solange ich nur von dem eisigen Wasser wegkam.

Als ich den dicken Stamm eines Baumes am Rücken spürte, war ich gezwungen, erst einmal Rast zu machen. Umständlich klaubte ich etwas Laub zusammen und bedeckte damit meine Beine.

Etwas Warmes kitzelte mich an der Wange, als ich aufwachte und direkt in die braunen Augen eines riesigen Hundes starrte. Ich war zu erschrocken, um zu schreien. Ein weiteres Mal leckte das Ungetüm über mein Gesicht, bevor es sich einmal um die eigene Achse drehte und sich mit seinem riesigen Körper auf meinen Beinen bequem machte. Scheinbar spürte das Tier, dass ich Wärme dringend nötig hatte.

Es war mittlerweile hell geworden. Vor mir lag der Kainsprung, in dem ich glaubte, ertrunken zu sein.

Abermals fragte ich mich, was wohl passiert war. Wo waren all die Menschen hin, die eben noch neben der Erdfallquelle gestanden und den Büttel angefeuert hatten, mich mit einem Stoß ins Wasser zu befördern? Oder hatte ich das nur geträumt? Was war hier nur los?

Mein neuer Gefährte stellte die Ohren auf, als ein Pfiff aus unmittelbarer Nähe erklang. Der Hund bewegte sich aber keinen Zoll, sondern sah nur aufmerksam in die Richtung, aus welcher der Ruf kam, der scheinbar für ihn bestimmt war.

Hinter dem Baum hörte ich Schritte, die sich näherten und einen Ast, der unter der Last eines schweren Stiefels knackte.

„Da bist du ja, du Schlingel! Warum kommst du denn nicht, wenn …"

Dem fremdartig gekleideten Mann, der nun vor mir stand, hatte es die Sprache verschlagen. Er schien jedoch mit einem Blick die Situation erfasst zu haben, denn im nächsten Moment war er bereits dabei, sich aus seiner Oberbekleidung zu schälen und diese über mich auszubreiten.

Braune Augen suchten die meinen und schienen direkt in mein Innerstes zu schauen.

Die feuchte Zunge des Hundes, die nun über die Nase seines Herrn leckte, unterbrach diesen vertrauten Moment. Lachend strich der Unbekannte über den Kopf des Tieres. „Hector, also wirklich! Wen hast du denn hier gefunden, hm?"

Fragend sah mir der Mann erneut in die Augen. „Was ist denn passiert? Du bist ja ganz durchgefroren!"

„Verzeiht, Herr, aber ich weiß nicht, was geschehen ist. Als ich wach geworden bin, lag ich am Rand der Quelle."

Ich zog das Kleidungsstück, das mein Gegenüber auf mich gelegt hatte, weiter hinauf, sodass nur noch mein Gesicht herausschaute.

Meine Antwort musste für Verwirrung gesorgt haben, denn der Blick des Fremden zeugte von Verständnislosigkeit.

„Herr, aber … was meinst du mit Herr? Ich bin Ben, eigentlich Benjamin. Meine Freunde sagen aber Ben zu mir."

Er hielt mir die Hand entgegen, was meinerseits für Verwirrung sorgte. Als ich meine Hände hob, rutschte meine mich wärmende Decke nach unten und gab den Blick auf meinen nackten Oberkörper frei. Ungeschickt versuchte ich, sie wieder über mich zu ziehen.

„Du bist gefesselt! Wer hat das getan?"

„Ich weiß es nicht. Ich weiß nur, dass ich gestern noch um meinen Vater getrauert hatte, und heute fand ich mich hier wieder." Ich zog es vor, dem Unbekannten nicht von meinem eigenartigen Traum mit dem Büttel zu erzählen. Ich war mir ja selbst nicht sicher, ob dies wirklich geschehen war.

Ben holte einen Gegenstand aus seiner Tasche und zog daran. Stahl blitzte in der Morgensonne auf, als der junge Mann sich damit im nächsten Moment an dem Seil, das um meine Handgelenke geknotet war, zu schaffen machte. Ein Messer zum Aufklappen. So etwas hatte ich noch nie gesehen.

Ich rieb meine Handgelenke, nachdem die Fesseln gelöst waren, und betrachtete nachdenklich die Spuren, die sie hinterlassen hatten.

Wer hatte mich gefesselt? Wie war ich hierhergekommen? Verzweifelt griff ich an meinen Kopf, in der Hoffnung, so meine verloren gegangenen Erinnerungen wieder ins Gedächtnis zu rufen.
„Wie heißt du denn, kannst du mir das sagen?"
„Ich bin Edda, die Tochter von Bauer Guntram aus Oberdorla, Herr."
„Was soll eigentlich dieses *Herr*, ich bin Ben. Du kannst *du* zu mir sagen."
„Aber das geziemt sich nicht, Herr."
Seufzend richtete sich der Mann wieder auf. „Wir sollten Hilfe rufen. Du brauchst etwas zum Anziehen und einen Arzt."
„Aber, Herr Benjamin, ich habe kein Geld. Mein Vater ist gestorben und meine Stiefmutter wird kaum die Kosten für einen Heiler aufbringen wollen."
Nachdenklich kratzte er sich am Kopf. Dabei fiel ihm eine Strähne seines braunen Haars ins Gesicht, die er, völlig in Gedanken versunken hinter sein Ohr zurückstrich.
„Du wirst doch krankenversichert sein. Vielleicht finden wir ja deine Kleider noch, einen Ausweis und deine Chipkarte." Suchend blickte der junge Mann sich um. Dann griff er erneut in seine Tasche und brachte einen schmalen Gegenstand zum Vorschein. Er tippte darauf herum und hielt ihn sich dann an sein Ohr.

„Hallo, ja, ich möchte einen Notfall melden. Ich heiße Benjamin Stoll und habe hier am Kainsprung eine junge Frau gefunden. Wie … ja, gefunden. Sie ist nackt und war gefesselt. Ja … gefesselt an Händen und Füßen…"

Ungläubig schaute ich auf mein Gegenüber. „Mit wem sprecht ihr da, Herr?"

Mit einer Geste seiner Hand gebot er mir Einhalt. „… ja, das sagte ich ihnen doch schon. Sie sagt, dass sie Edda heißt und sich nicht erinnert, wie sie hierhergekommen ist. Ja, Moment … Edda, wie heißt du mit Nachnamen?"

„Nachnamen? Ich bin Edda, Tochter von Bauer Guntram. Das habe ich Euch doch schon gesagt."

Ungeduldig trat der Mann von einem Fuß auf den anderen. „Sie behauptet, dass sie die Tochter eines Bauern aus Oberdorla sei. Ihren Nachnamen hat sie mir nicht gesagt… Das weiß ich doch nicht, … in Ordnung, ich warte hier so lange."

Er steckte den merkwürdigen Kasten wieder in die Tasche seiner Hosen. „Also – ich habe den Notruf gewählt. Die schicken jetzt Polizei und Notarzt. Dann wird dir geholfen."

Panik ergriff mich. „Aber ich sagte doch schon, dass ich das nicht bezahlen kann. Und was ist eine Polizei?"

„Meine Güte, dir muss ja jemand ordentlich deinen Kopf zerbeult haben. Bei der Polizei arbeiten Männer und Frauen, die Menschen, die in Not geraten sind, helfen wollen. Sie finden heraus, wo du herkommst. Aber ich denke, sie werden dich erst einmal ins Krankenhaus zur Untersuchung bringen wollen. Deshalb schicken sie auch noch den Notarzt mit. Du bist total unterkühlt. Sie werden sichergehen wollen, dass du keine Lungenentzündung bekommst."

„Aber ich möchte doch nur nach Hause. Könnt ihr mich nicht einfach auf den Hof meines Vaters bringen? Ich würde dann ein Bündel packen und sehen, dass ich bei meiner Tante in Langula unterkomme. Im Haus meiner Stiefmutter werde ich nach dem Tod meines Vaters nicht mehr bleiben können."

Der riesige Hund schien meine wachsende Unruhe zu spüren und fing an zu winseln. Gedankenverloren streichelte ich seine Ohren, was ihn und merkwürdigerweise auch mich beruhigte.

„Er scheint dich zu mögen. Normalerweise ist er Fremden gegenüber misstrauisch."

„Das ist ein schönes Tier."

„Ja, das ist er. Er ist ein Setter und heißt Hector." Als auch er nach dem Kopf des Hundes griff, um ihn zu streicheln, berührten sich unsere Hände. Erschrocken zog ich meine zurück

„Ist schon gut. Du brauchst vor mir keine Angst zu haben. Ich tue dir nichts. Ich will dir nur helfen."

Die unangenehme Situation wurde durch ein Knurren aus meinem Bauch beendet.

Hastig nahm der Mann sein Bündel vom Rücken, zog an einer Lasche und holte triumphierend ein Päckchen heraus. „Ha, gut, dass ich immer etwas für den kleinen Hunger zwischendurch einpacke."
Lächelnd reichte er mir einen knisternden Gegenstand. „Ich habe wohl zu viel Werbung gesehen. Iss, das wird dir den Magen füllen."
Ich hielt das Päckchen in einigem Abstand von mir fort. „Das kann man essen?"
„Du musste es natürlich erst auspacken." Er griff danach und zerrte ungeduldig daran herum. Als er meine Skepsis bemerkte, bis er einmal von diesem ... Essen ab und reichte mir den Rest.
Ich war so hungrig, dass ich nicht danach fragte, was ich denn jetzt aß, sondern biss herzhaft zu. Es schmeckte köstlich. „Danke, Herr."
„Gern geschehen."

Während der Mann, der sich Ben nannte, auf und ab ging, musterte ich ihn neugierig. Er war groß, wohl mehr als sechs Fuß hoch, schlank und merkwürdig gekleidet. Seine Gesichtszüge hatten etwas Grobes an sich, die Wangenknochen standen prägnant hervor, sein Bart war wenigstens schon drei Tage alt. Das braune, leicht gewellte Haar trug er kurz, nicht lang, wie die Männer, die ich kannte. Das Seltsamste an ihm war jedoch seine Kleidung. Die Hosen reichten bis zum Boden, statt eines Umhangs trug er ein ... wie

auch immer sich das nannte. Aber es wärmte meinen ausgekühlten Körper. Und dann waren da noch die merkwürdigen Gegenstände, die er bei sich trug, ein Messer zum Aufklappen, eine kleine Kiste, mit der er sprechen konnte ...
Meine Überlegungen wurden durch einen ohrenbetäubenden Lärm unterbrochen. Der junge Herr schien sich nicht davor zu fürchten, denn er ging auf das Geheul und die grellen blauen Lichter zu, um kurz darauf mit mehreren Menschen zurückzukehren.

Eine junge Frau in leuchtend roten Hosen stellte einen silberfarbenen Koffer neben mir ab und öffnete ihn. Der Herr, Ben, unterhielt sich unterdessen mit drei weiteren Männern.
„Hallo, ich bin Rettungssanitäterin und heiße Laura, und wer sind Sie?"
„Ich heiße Edda."
Laura griff nach meinem Arm. „Ich werde jetzt Ihren Blutdruck messen, Edda. Da wird es mal eng am Arm.".
Sie legte einen Stoffring um meinen Oberarm und pumpte Luft hinein, um sie dann wieder herauszulassen. An ihre Begleiter gerichtet rief sie. „110 zu 60, Puls 76. Gib mir mal das Thermometer, Jens."
Der wühlte kurz in dem silbernen Koffer, brachte ein weiteres mir unbekanntes Gerät zum Vorschein und

reichte es der jungen Frau, die sich mir als Laura vorgestellt hatte.

„In Ordnung, nicht wackeln, es drückt kurz im Ohr." Sie steckte dieses Ding in mein Ohr, es piepste, dann zog sie es wieder heraus. „Vierunddreißig neun, sie sind massiv unterkühlt."

Hier meldete sich der junge Herr wieder zu Wort. „Sie war nackt und an Händen und Füßen gefesselt, als ich sie vorhin hier gefunden hab." Er deutete mit der Hand auf die Seile neben mir, die er mit seinem Messer zerschnitten hatte.

Der Mann, Jens, der Laura kurz zuvor geholfen hatte, zerriss ein Päckchen und brachte eine silbern und golden glänzende dünne, raschelnde Decke zum Vorschein. Er reichte sie Laura, die mich darin einwickelte und dem jungen Herrn sein Kleidungsstück, das mich bisher gewärmt hatte, zurückgab.

Die beiden Männer, mit denen er sich bis zuvor unterhalten hatte, diskutierten mit den zwei rot gekleideten Herren. „Sie muss vernommen werden."

„Das können sie auch im Krankenhaus tun. Wir bringen sie jetzt erst einmal in die Notaufnahme. Sie steht wahrscheinlich unter Schock. Wer weiß, was man ihr hier angetan hat. Sie werden sie später befragen müssen."

Der resolut wirkende, auch in rot gekleidete Mann kam auf mich zu und lächelte freundlich. „Hallo, ich bin Doktor Wilhelm. Ich bin Notarzt und begleite sie jetzt ins Krankenhaus."

Bevor ich etwas erwidern konnte, half mir Laura auf und schob mich in die Richtung, aus der immer noch die blauen Lichter leuchteten.

„Wo sind die Pferde?" Erschrocken trat ich einen Schritt zurück.

„Was für Pferde?", wollte Laura wissen.

Der Mann, den Laura als Jens angeredet hatte, zog an einem Hebel und schob eine metallene Tür zur Seite, sodass man in das Innere des einen Kastengefährts sehen konnte.

Als Laura erneut versuchte, mich in diese Richtung zu drängen, wurde ich von Panik erfasst. „Nein, ich will nicht, ich will, ich will ... nach Hause! Bitte, ich will da nicht rein, bitte ..."

Krampfhaft hielt ich die glänzende Decke fest, die bei jedem Schritt raschelte, damit diese nicht herunterfiel.

Der Herr, der sagte, er wäre Arzt, trat auf mich zu. „Regen sie sich nicht auf, keiner von uns will ihnen etwas Böses." Er griff nach meinem Arm und zog daran.

Mein Herz klopfte mir bis zum Hals hinauf, so als wollte es aus meiner Brust herausspringen, das Blut rauschte mir in den Ohren. Während ich aus der Ferne Laura nach meinem Namen rufen hörte, wurde mir schwarz vor den Augen und ich versank in eine befreiende Ohnmacht.

Ein gleichmäßiges Piepen dröhnte in meinen Ohren und hallte in meinem Kopf wieder. Ich schlug die Augen auf und blickte in das freundlich lächelnde Gesicht einer blonden Frau.
„Willkommen zurück. Ich bin Schwester Katja. Sie sind hier im Städtischen Krankenhaus in der Notaufnahme. Können sie mir ihren Namen sagen?"
„Edda." Ich musste mich räuspern, denn mein Hals und mein Mund waren ganz trocken. „Wärt ihr so nett, mir einen Schluck Wasser zu reichen? Ich wäre euch sehr verbunden."
Die Frau runzelte die Stirn und sah mich belustigt an. Dann besann sie sich. „Natürlich."
Ich hob den Becher in Höhe meiner Augen. „Wieso bewegt sich das Wasser?"
„Was?"
„Das Wasser, es bewegt sich." Ich hielt ihr den Becher entgegen.
„Das ist Kohlensäure. Wollten sie lieber stilles Wasser?"
„Nein, vielen Dank, macht euch keine Umstände."
Vorsichtig nippte ich an dem Getränk und benetzte damit meinen ausgetrockneten Hals.
„Frau Doktor Baumgard kommt gleich. Sie ist noch kurz auf Station, weiß aber Bescheid."

„Eine *Frau* Doktor?" Skeptisch stellte ich den Becher zur Seite und legte mich wieder zurück, um die Decke nicht mehr länger festhalten zu müssen, die mir ständig aus den Händen glitt.
Schwester Katja schaute mich kurz verwundert an, antwortete mir jedoch nicht, sondern tippte auf einem Brett, das vor ihr lag, herum.
Ich richtete meine Aufmerksamkeit wieder dem Piepen zu, das mich geweckt hatte. Ein großer Kasten, auf dem farbige Lichter Linien zeichneten, war Verursacher dieses Geräusches. Bunte Stricke, die an meiner Brust festgeklebt waren, verbanden mich mit diesem ... was auch immer das war.

Eine Frau in mittleren Jahren betrat den Raum. Auch sie trug Hosen. Sie war komplett in Weiß gekleidet. Am Auffälligsten war aber ihr kurz geschnittenes, knallrotes Haar. Ich konnte nicht aufhören, sie anzustarren.
Schwester Katja stand auf und trat an ihre Seite.
„Frau Doktor, das ist Edda. Sie wurde vom Notarzt gebracht. Er hat übergeben, dass die junge Frau gefesselt und nackt von einem Wanderer am Kainsprung gefunden worden war. Sie war unterkühlt und redete wirr, bevor sie bewusstlos zusammenbrach. Ihre Vitalwerte sind stabil, die Körpertemperatur ist jetzt bei fünfunddreißig acht."

„Nun, dann wollen wir mal sehen." Die rothaarige Frau wandte sich mir zu. „Hallo, mein Name ist Baumgard und ich bin heute hier die diensthabende Internistin. Wie heißen sie?"
„Edda."
„Edda und weiter?"
„Nur Edda." Die Heilerin warf der Schwester einen Blick zu, den ich nicht deuten konnte.
„Also gut, Edda, wissen sie, was an der Quelle passiert ist?"
„Nein, das habe ich auch dem jungen Herrn schon gesagt."
„Welchem jungen Herrn?"
Schwester Katja ergriff wieder das Wort. „Der Wanderer, der die Patientin gefunden und Polizei und Notarzt verständigt hatte."
„Ach so. Nun Edda, wie alt sind sie?"
„Ich werde im Jänner zwanzig Jahre alt."
„Jänner? Ach, Januar. Wissen sie, wo sie hier sind?"
„Nein."
„Wissen sie, welches Datum wir heute haben?"
„Heute ist der zweite Oktober im Jahre des Herrn 1525." Als die Frau mich mit hochgezogenen Augenbrauen ansah, verbesserte ich mich. „Vielleicht auch der dritte Oktober, ich weiß nicht, wie lange ich am Rand der Quelle gelegen habe."
„Zweiter Oktober ist schon richtig, aber wir leben im Jahr 2014."

Wenn ich nicht so erschrocken gewesen wäre, hätte ich vielleicht gelacht. „2014?"
Ich musste blass ausgesehen habe, zumindest fühlte es sich an, als wäre sämtliche Farbe aus meinem Gesicht verschwunden. Meine Knie wurden weich, ein unangenehmes Kribbeln machte sich in meinem Bauch breit. „Das kann doch nicht wahr sein, ich …"
Genau genommen, würde es alle merkwürdigen Dinge erklären, die ich bisher erlebt hatte, die eigenartig gekleideten Menschen, Frauen als Heilerinnen, ein Kasten, mit dem man reden kann, ein anderer, der piepste…
Mein Verstand begann bereits zu akzeptieren, was mein Herz nicht billigen wollte. Angenommen, es stimmte, was diese Frau mir sagte? Dann waren alle Menschen tot, die ich kannte, die ich hätte um Hilfe bitten können. Wo sollte ich nun hin, was sollte ich tun? Mein Leben, wie ich es kannte, existierte nicht mehr. Aber wie konnte all dies geschehen sein?
Schweigend zog ich die Knie an meinen Bauch und schlang die Arme darum, um meinem Zittern Einhalt zu gebieten.

Was den restlichen Tag geschah, nahm ich nur wie durch einen Schleier war. Da waren eine weitere Ärztin, die meinen Unterleib und – nach etwas Gegenwehr von mir – auch mein Genital untersuchte, die beiden Männer von der Polizei, die ich bereits am

Morgen am Kainsprung gesehen hatte und ein weiterer Arzt, der sich als ... Psychiater vorstellte.
Dann wurde ich erneut in einen dieser fahrenden Kästen geschoben, um mich kurze Zeit später in einer anderen Heilanstalt wieder zu finden.

Ich weiß nicht, wie oft ich mich fragte, wie das alles nur geschehen konnte. Gestern war der erste Oktober im Jahr des Herrn 1525 gewesen. Ich lebte mit meiner Stiefmutter und ihrer Tochter auf dem Hof meines verstorbenen Vaters. Er hatte sich zum Anfang des Jahres von den Worten Thomas Müntzers verführen lassen und war ihm zu den Kämpfen des Bauernaufstandes nach Bad Frankenhausen gefolgt, um dort auf dem Schlachtfeld zu sterben. Seitdem bereitete mir Luitgard die Hölle auf Erden und lies mich schwerer arbeiten als einen Knecht. Ich kann mich erinnern, dass ich bei meiner Tante, der Schwester meines Vaters, in Langula unterkommen wollte. Wir hatten alles abgesprochen, aber was geschah danach? So sehr ich mich auch bemühte, es fiel mir einfach nicht ein, wie ich zu der Erdfallquelle und in diesen Albtraum geraten war. Was war das für ein merkwürdiger Traum mit dem Büttel?

In der psychiatrischen Klinik, wo, wie man mir sagte, Menschen mit Nervenkrankheiten behandelt wurden, behandelte man mich mit freundlichem Respekt. In meiner Zeit wurden die besessenen Menschen in einem Korb neben einem Tor aufgehängt und so von ihrer Tobsucht kuriert oder sie starben dort.

Ich war jetzt seit fünf Tagen hier, als eine Krankenschwester mich zur Bildgebung abholen wollte.
„Bildgebung? Was wird da gemacht? Tut das weh?"
Die junge Frau lachte. „Nein. Ihr Kopf wird in kleine Scheiben geschnitten …" Als sie den Ausdruck auf meinem Gesicht sah, lachte sie noch lauter. „Nein, das ist ein böser Scherz. Wirklich, das tut nicht weh. Sie müssen nur eine Viertelstunde ruhig liegen bleiben, dann kann man Ihr Gehirn ansehen und sagen, ob sie vielleicht krank sind.
„Mein Gehirn? Kann man da auch sehen, wo meine Erinnerungen hin sind? Ich wünschte, ich wüsste, was mit mir geschehen ist."
„Es wird ihnen schon alles wieder einfallen, da bin ich mir sicher. Früher oder später macht es Klick, und alles ist wieder da. Dort entlang geht es zur Röntgenabteilung."
Wir stiegen einige Treppen nach unten und traten durch Türen, die sich von allein öffneten und schlossen. Als ich dies zum ersten Mal gesehen hatte, fragte ich mich noch, wie das alles funktionieren würde. Heute fühlte es sich schon fast normal an, wenn man dies in Anbetracht der Umstände so nennen konnte.

„Hallo, sie müssen Edda sein. Ich heiße Muder und wohne auch in Oberdorla. Leider haben wir uns dort noch nie getroffen."
Ich betrachtete die Frau eingehend, konnte mich aber auch nicht erinnern, sie schon einmal gesehen zu haben.
„Kommen sie, wir machen jetzt die Bilder von ihrem Kopf. Vorher muss ich aber noch einiges wissen. Haben sie einen Herzschrittmacher?"
„Einen was?"
„Einen Herzschrittmacher. Das ist ein Apparat, der dafür sorgt, dass das Herz regelmäßig schlägt."
„So etwas gibt es? Nein, ich habe keinen."
„Haben Sie Metall im Körper?
„Nein, ich habe nichts in meinem Körper."
„Gut, dann kommen sie mit, legen sie sich hier hin …" Sie deutete auf eine Liege, deren Ende von einem riesigen Ring gebildet wurde. „… den Kopf hier in die Schale. Sehr schön. Nicht erschrecken, ich stecke jetzt noch Keile links und rechts neben die Ohren, damit sie nicht wackeln. Dann fährt die Liege in den Ring und es wird ganz laut Klopfen. Das ist aber normal, damit wir gute Bilder machen können. Es tut wirklich nicht weh, ich verspreche es. Hier ist noch ein Notfallbällchen. Wenn irgendwas nicht in Ordnung ist, einfach zusammendrücken."
Die Frau legte mir besagtes Bällchen in die Hand und ließ mich in dem Raum allein. Kurze Zeit später hörte

ich ihre Stimme erneut. „Nicht erschrecken, schön liegen bleiben, jetzt wird´s laut. Am besten machen sie die Augen zu."
Der Lärm, der nun folgte, war unbeschreiblich.

Eine gefühlte Ewigkeit später kam Frau Muder wieder und befreite mich von dem Höllengerät. „Der Doktor schaut sich die Bilder gleich an, wenn Sie noch einen Moment Platz nehmen möchten."
Sie geleitete mich zu einem Stuhl, wo ich auf den Arzt wartete. Der erklärte mir dann, dass mit meinem Gehirn alles in Ordnung sei, was mich im ersten Moment erleichterte, im nächsten aber in tiefe Verzweiflung stürzte.
Das konnte doch alles nicht war sein! Ich wartete darauf, dass jeden Moment Mutter Luitgard in meine Kammer kommen und mich anbrüllen würde, damit ich aus diesem Albtraum aufwachen könnte.
Als mich die Schwester wieder in mein Zimmer gebracht hatte, staunte ich nicht schlecht, als es klopfte und Besuch angekündigt wurde. Wer sollte mir denn seine Aufwartung machen? Ich kannte doch niemanden in dieser Zeit.
Diese Frage wurde mir beantwortet, als der junge Herr, der mich an der Quelle gefunden hatte, nach der Schwester den Raum betrat.
Sein Lächeln reichte von einem Ohr zum anderen, als er mir einen Blumenstrauß in die Hände drückte.

„Hallo Edda. Ich freue mich, dass es dir besser geht. Hier…" Er reichte mir ein Päckchen. „Ist nur Schokolade, aber ich dachte, du magst sie vielleicht."
Tränen traten mir in die Augen. „Vielen Dank, Herr. Aber was ist Schokolade?"
Immer noch lächelnd setzte mein Besucher sich auf einen der Stühle. „Fangen wir doch noch einmal ganz von vorn an. Ich bin Ben. Bitte sag nicht immer Herr zu mir, da komme ich mir so alt vor. Meinst du, dass du das hinkriegst?"
Er reichte mir seine Hand und ich legte meine hinein. Das seltsame Gefühl der Vertrautheit, das ich schon am Kainsprung bemerkt hatte, erfasste mich erneut. Auch er musste es spüren, denn er sah mir direkt in die Augen.
„Seit dem Tag, als ich dir das erste Mal begegnet bin, gehst du mir nicht mehr aus dem Kopf. Ich weiß nicht, ob es daran liegt, dass du so anders bist. Ich kann dir nur sagen, dass ich seither an nichts anderes mehr denken kann.
„Aber du kennst mich doch gar nicht. Ich bin geistesgestört, so hat man mir hier bescheinigt. Zu meiner Zeit …"
Ich biss mir auf die Lippe.
„Das ist es, was ich meine. Du bist so anders als die Mädchen heute. Es kommt mir fast so vor, als wärst du wirklich aus einer anderen Zeit. Ob dich andere für verrückt halten, ist mir egal."

Die Tränen, die ich bisher so mühsam unterdrückt hatte, rannen mir nun unaufhörlich über meine Wangen. Ich fühlte mich so erleichtert, dass es einen Menschen gab, der mich so nahm, wie ich war. „Danke – " war alles, was ich schluchzend hervorbringen konnte.

„Nicht der Rede wert. Ich habe mir Gedanken gemacht, über das, was du mir gesagt hast und Nachforschungen angestellt. Es gibt keinen Bauern mit dem Namen Guntram in Oberdorla."

Natürlich nicht, er war ja auch schon fast 500 Jahre tot, und mit ihm alle anderen Menschen, die ich kannte. Wie soll ich das dem freundlichen Mann nur erklären, ohne dass ich Gefahr lief, dass er schreiend aus der Klinik rannte?

Ich focht einen inneren Kampf aus. Ich wollte nicht, dass Ben wegging, war ich doch froh, dass er hier war. Aber wenn ich ihm nicht die Wahrheit sagte …

„Wollen wir uns erst einmal über die Schokolade hermachen? Ist meine Lieblingssorte mit Marzipan."

Er griff nach dem Päckchen, brach ein Stück ab und reichte es mir. Diesmal steckte ich es ohne zu zögern in den Mund. Was für ein herrlicher Geschmack. So etwas Leckeres hatte ich noch nie in meinem Leben gegessen.

„Das ist mein erstes Stück Schokolade gewesen."

„So? Wie kann das sein?"

„Also gut, Ben. Ich erzähle dir jetzt meine Geschichte, soweit ich mich erinnere. Wahrscheinlich wirst du mich dann, wie alle anderen auch, für verrückt halten, aber ich möchte dich nicht anlügen."

„Glaub mir, nichts, was du mir erzählst, kann mich verschrecken. Nun, ich bin schon ganz gespannt."

Ben lehnte sich in seinem Stuhl zurück und blickte mich aufmunternd an.

Ich nahm all meinen Mut zusammen. „Wie du ja schon weißt, heiße ich Edda. Ich wurde am elften Jänner des Jahres 1506 in Oberdorla geboren."

Ich wartete einen Moment, um zu sehen, wie mein Gegenüber reagierte. Sein Gesicht verlor nicht seinen neugierigen Ausdruck, also fuhr ich fort.

„Mein Vater war einer der hiesigen Bauern und war überglücklich über meine Geburt. Du musst wissen, dass das nicht üblich war, denn ein Mann sollte einen Sohn haben, der ihm bei der Arbeit auf dem Hof und auf den Feldern half. Aber meinem Vater war das egal. Er sagte, dass er und meine Mutter jung seien und sicher noch ein männlicher Erbe nachkommen würde. Er liebte mich abgöttisch und ich ihn. Als im Jahr darauf meine Mutter bei der Geburt meines kleinen Bruders starb und das Kind ihr einen Tag später ins Grab folgte, war mein Vater untröstlich. Die Nachbarn und Freunde redeten ihm ein, dass er schnell wieder heiraten müsse, damit er über seinen Verlust hinwegkäme. Aber er war starrsinnig – eine

Eigenschaft, in der ich ihm im Übrigen gleichen soll – und er heiratete nicht, jedenfalls nicht gleich wieder. Ich wuchs zusammen mit den Kindern der Mägde und Knechte auf und hatte eine wunderschöne Kindheit. Kurz nach meinem dreizehnten Geburtstag zog eine junge Witwe mit einer kleinen Tochter ins Dorf. Mein Vater erlag ihrem Charme und nur ein halbes Jahr später heiratete er Luitgard, und sie und die kleine Ottilie hielten bei uns auf dem Hof Einzug. Das Mädchen war ungefähr drei Jahre jünger als ich, aber völlig verzogen. Sie hing am Rockzipfel ihrer Mutter und war nur am Jammern und Greinen. Ich mochte sie genauso wenig wie ihre Mutter mich nicht mochte. Solange mein Vater noch lebte, sorgte er für Frieden in seinem Haus. Dann kam Müntzer und mit ihm wurde alles anders. Mein Vater besuchte seine Predigten in der Marienkirche in Mühlhausen und ließ sich von dessen Theorien den Kopf verdrehen. Er traf sich mit anderen Bauern aus der Umgebung und diskutierte mit ihnen über die Forderungen, die sie der Obrigkeit stellen wollten. Sie verlangten eine Milderung der Lasten, traten für eine Aufhebung der Leibeigenschaft ein und forderten, dass Adel und Grundherren ein gottesfürchtiges Leben führen sollten. Als die Bauernhaufen sich dann zusammenschlossen und nach Bad Frankenhausen zogen, sah ich meinen Vater das letzte Mal. Er starb auf dem Schlachtfeld und mit ihm viele seiner Freunde. Meine Stiefmutter erbte den Hof. Ich war ihr ein Dorn im Auge. Sie quälte mich jeden Tag aufs Neue und ließ sich immer wieder schrecklichere Gemeinheiten für mich einfallen. Also beschloss ich, zu meines Vaters Schwester, meiner Tante Klara, nach Langula zu ziehen. Danach fehlt mir jede Erinnerung, bis ich am Rand des Kainsprungs aufgewacht bin, wo du mich gefunden hast."

„Und du hast keine Ahnung, wie du dort hingekommen bist?"

„Du glaubst mir?"

„In der Tat ist deine Geschichte sehr ... abenteuerlich, aber solange mir niemand das Gegenteil erklärt ..."

„Oh mein Gott, Ben, du glaubst gar nicht, wie erleichtert ich bin. Vielleicht könntest du im Kirchenregister nachsehen. Dort werden doch alle Geburten, Eheschließungen und Todesfälle gesammelt. Es muss doch irgendetwas geben, dass meine Geschichte bestätigt."

„Das ist eine gute Idee. Ich werde morgen beim Pastor vorsprechen, ob ich die alten Kirchenbücher einsehen darf."

„Danke. Würdest du auch ein wenig von dir erzählen? Ich kenne dich ja gar nicht wirklich."

„Wie du möchtest. Dass ich Benjamin Stoll heiße, weißt du ja bereits. Ich bin fünfundzwanzig Jahre alt, Jäger von Beruf, genau wie mein Vater und mein Großvater vor mir, eine Art Familientradition also. Ich wohne in Oberdorla bei meiner Großmutter im Haus, in der Nähe des Friedhofs. Meine Eltern sind vor dreizehn Jahren bei einem Autounfall ums Leben gekommen. Seitdem haben meine Großeltern mich aufgezogen. Von meinem Opa habe ich alles gelernt, was ein guter Jäger wissen muss. Er war es auch, der mir Hector geschenkt hat. Das ist nun sieben Jahre her. Kurze Zeit später starb auch er und von da an lebe ich mit meiner Oma allein in dem großen Haus. Sie ist alt und krank. Täglich liegt sie mir in den Ohren, ich solle sie doch ins Pflegeheim geben, damit sie mir nicht länger zur Last falle, aber ich habe mich bis jetzt standhaft geweigert. Sie ist alles an Familie, was ich noch habe."

Wir unterhielten uns noch eine ganze Weile, bis die Schwester hereinkam und uns darauf hinwies, dass die Besuchszeit nun zu Ende sei.

„Darf ich morgen wiederkommen?"

„Sehr gern." Als ich die Worte aussprach, merkte ich, dass ich sie auch genau so gemeint hatte.

Nachdem wir uns verabschiedet hatten, kündigte die Schwester erneut Besuch an. Eine junge Frau mit krausem, dunklem, halblangem Haar stellte sich als Claudia Götze, Reporterin für die hiesige Tageszeitung, vor. Sie wollte ein Foto von mir machen und einen Artikel schreiben, damit mich vielleicht jemand erkennen würde und meine Identität zu klären wäre. Ich hatte keine Ahnung, was ein Foto war. „Es tut mir

leid, Frau Götze, aber ich möchte nicht so viel Aufmerksamkeit erregen."
„Okay, aber falls sie es sich anders überlegen, hier ist meine Karte. Sie können mich jederzeit anrufen."
Ich nahm das Stück Karton und verabschiedete mich höflich.

In den nächsten Wochen besuchte mich Ben jeden Tag. Wir gingen auf dem Klinikgelände spazieren. Das Krankenhaus war wunderschön gelegen. Es war wie ein großer Park mit vielen Häusern, in denen Patienten, je nachdem, an was sie erkrankt waren, behandelt wurden. In der Mitte des Anwesens befand sich eine Art Allee. Die Blätter der Bäume hatten sich schon längst verfärbt und fielen in Massen auf den Boden.
Ich saß auf einer Bank und genoss die friedliche Atmosphäre um mich herum. Die Kleider hatte mir Ben mitgebracht. Sie waren gewöhnungsbedürftig. Einen BH, so hatte er es genannt, hatte ich bisher noch nie besessen. Es war ein unbequemes Kleidungsstück, aber das waren Mieder, wie ich sie aus meiner Zeit gewohnt war, auch. Auch eine Hose hatte ich bisher nicht besessen. Es war auch gar nicht so einfach, eine passende für mich zu finden, denn ich kannte meine Hosengröße nicht. So brauchte es drei Anläufe, bis Ben ein Exemplar brachte, das mir passte.

Es brauchte einige Tage, bis ich die Schuhe, die er mir gekauft hatte, schnüren konnte, wie er es tat. Aber nun war ich durchaus in der Lage, mich der Zeit entsprechend zu kleiden.
Ungeduldig hörte ich auf die Glocken der Turmuhr und zählte die Schläge mit. Ben musste nun jeden Moment kommen. Ich freute mich so auf seinen Besuch, dass ich beschloss, ihm entgegen zu laufen. So ging ich in Richtung Pforte, einem kleinen Häuschen am Rand des Geländes.
Heute ließ mein Besuch auf sich warten. Was konnte ihn nur aufgehalten haben?
Ich setzte mich erneut auf eine Bank in der Nähe der Schranke an der Pforte und beobachtete die Autos beim hinein- und herausfahren. Ben hatte mir Bücher mitgebracht und mir geduldig die Wunder der Wissenschaft und Technik erklärt. Es war erstaunlich, was die Menschen in den letzten fünfhundert Jahren geschafft und erschaffen hatten. Aber diese Wunder hatten auch ihre Nachteile. Es war alles so hell und laut. Die Menschen hasteten an ihre Arbeit und wieder nach Hause. Irgendwie waren alle und alles stetig in Bewegung. Niemand schien sich Zeit für die schönen Dinge des Lebens zu nehmen.
Ben war anders. Er schien mit der Natur im Einklang zu leben. Er erzählte, dass er als Jäger auch Tiere erschießen musste, aber nur, wenn sie sich zu stark fortpflanzten und Schaden im Wald anrichteten.

Wenn ich an meinen jungen Retter dachte, wurde mir warm ums Herz. Die letzten Wochen waren nicht einfach gewesen. Ich musste mich mit der Tatsache abfinden, dass ich aus meiner Zeit herausgerissen wurde. Warum auch immer dies passiert war, es musste einen Grund haben. Wenn ich doch nur wüsste, welchen.

Ben kam um die Ecke und schob eine ältere Dame in einem eigenartigen Sessel mit Rädern vor sich her. Als er mich sah, winkte er und ich tat es ihm gleich.
„Hallo Edda. Darf ich vorstellen? Das ist meine Großmutter, Eleonore Stoll. Oma, das ist Edda."
Die alte Frau zog den Handschuh ihrer rechten Hand aus und streckte sie mir entgegen. Ich ergriff sie.
„Es ist mir eine große Freude, mein Kind, endlich die Frau kennenzulernen, die meinem Enkel dermaßen den Kopf verdreht hat."
„Aber Oma!" Eine leichte Röte überzog Bens Wangen. Er war peinlich berührt, genauso wie ich auch.
„Die Freude ist ganz auf meiner Seite, Euer Enkel hat mir schon viel von Euch und Eurem verstorbenen Gemahl erzählt."
„Wollen wir vielleicht einen Kaffee trinken? Wir, das heißt, meine Großmutter hat dir einen Vorschlag zu machen."

Gemeinsam schlenderten wir durch die Parkanlage, Ben schob seine Oma in ihrem Rollstuhl, so hatte er das Gefährt genannt.

In der Gastwirtschaft der Klinik ließen wir uns den Kaffee schmecken, als Eleonore gleich zur Sache kam.
„Nun, Mädchen, ich bin alt. Wer weiß, wie viel Zeit mir noch auf Gottes Erde bleibt. Deswegen will ich nicht um den heißen Brei reden. Mein Enkel sagte, dass du kein Zuhause hast und auch keine Familie. Da es für ihn in den letzten Wochen kein anderes Thema gab, als deine Person, habe ich gedacht, du würdest vielleicht gern zu mir ziehen. Hier im Krankenhaus kannst du ja nicht ewig bleiben. So hätte ich Gesellschaft und Ben müsste sich nicht ständig Sorgen um seine alte Großmutter machen."
Lächelnd legte sie ihre runzlige Hand auf die ihres Enkels. „Lass mal, mein Junge, ich weiß, dass du es gut mit mir meinst. Aber so wäre uns allen geholfen. Du müsstest nicht ständig zwischen Klinik und deiner alten Oma hin-und herfahren, ich hätte Gesellschaft und eine Hilfe im Haus, und die Kleine hätte ein Dach über dem Kopf."
„Aber Ihr kennt mich doch gar nicht! Die Menschen hier halten mich für geisteskrank. Nur Ben glaubt an mich und meine Geschichte."
Die alte Dame schmunzelte. „Ich weiß, er hat mir alles erzählt."

„Und trotzdem wollt Ihr, dass ich bei Euch wohne?"
„Meine liebe Edda, glaubst du an Wunder, an Vorbestimmung, Schicksal? Was meinst du, hat meinen Jungen in den Wald geführt? Denkst du, es war purer Zufall, dass er am Kainsprung über dich gestolpert ist? Es war Bestimmung, dass ihr beiden euch dort gefunden habt. Was spielen da fünfhundert Jahre hin oder her für eine Rolle? Liebe kennt keine Zeit, sie findet dich oder nicht. Es sollte einfach so sein! So ist das!"
Jetzt war ich sprachlos. Liebe? ... Ja, Liebe. Ich wusste es eigentlich seit dem Moment, als Ben seine Jacke über meinem nackten, halb erfrorenen Körper ausgebreitet hatte. Mein Blick traf den seinen, genau wie damals ... damals, wie das klang. Es war doch erst wenige Wochen her, aber es fühlte sich an, als wäre es eine kleine Ewigkeit.
Ich konnte meine Augen nicht von den seinen lösen. Ihm erging es genauso.
„Nun, meine Kinder, wenn ihr mich fragt, werden wir im nächsten Jahr eine Hochzeit feiern. Ich bin zwar alt aber nicht blind und schon gar nicht prüde."
„Aber Oma, was du wieder erzählst."
„Ich finde, deine Großmutter hat recht. Wenn du einverstanden bist, werde ich bei euch wohnen. Vielleicht kann ich auf diese Weise auch meine Erinnerungslücken füllen. Wenn ich wieder in Oberdorla bin, fällt mir möglicherweise das eine oder andere

wieder ein. Der Psychiater nannte das … *Konfrontationstherapie*. Und ich könnte dir bei der Suche im Kirchenarchiv helfen."
Wir diskutierten noch eine Weile über das Für und Wider unseres Plans. Schließlich kamen wir überein, dass wir es zumindest versuchen sollten. Ich würde vorerst mein eigenes Zimmer beziehen.

Kurz vor Weihnachten war es dann so weit. Ich verließ die Klinik und kehrte das erste Mal seit knapp fünfhundert Jahren an den Ort meiner Geburt zurück. Er war nicht wiederzuerkennen. Ich erinnerte mich an Schlammpfützen anstelle der jetzt gepflasterten Wege und Straßen. Die Linden- und Kastanienbäume auf dem Anger waren riesig und hatten in meiner Kindheit dort noch nicht gestanden. Aber der steinerne Gerichtstisch, an dem auch früher schon sechsmal im Jahr Gericht abgehalten wurde und an dem alle männlichen Dorfbewohner teilnehmen mussten, stand noch an derselben Stelle wie damals.
Vor die Kirche hatte man einen mit Kerzen geschmückten Christbaum aufgestellt. Das Gotteshaus mutete von außen genauso an, wie in meiner Erinnerung. Das imposante und furchteinflößende Gebäude erzeugte ein Kribbeln in meinem Nacken, so als ginge von ihm einen Bedrohung aus.

Wir waren mit dem Pastor verabredet, um erneut in den Archiven der Kirche nach Hinweisen für meine Herkunft zu suchen. Unter dem Siegel der Beichte hatte ich dem Kirchenmann meine Geschichte erzählt. Er meinte, dass Gottes Wege unergründlich seien und versuchte nicht, so wie ich es mir vorher ausgemalt hatte, mir den Teufel auszutreiben.

In den nächsten Tagen waren wir stundenlang mit der Suche nach meinen Wurzeln beschäftigt. Ich glaubte meinen Ohren kaum, als Ben rief, dass er etwas gefunden habe.
Mit staubigen und vor Aufregung zittrigen Händen nahm ich das in Leder gebundene Buch entgegen. Er tippte mit dem Zeigefinger auf den Eintrag. „Siehst du, hier steht es: Edda, Tochter des verstorbenen Guntram vom Guntramshof, wird von ihrer Stiefmutter Luitgard bezichtigt, ihren Vater verhext und in den Tod getrieben zu haben. Guntram, der durch den Bauernaufstand gegen bestehendes Recht und das Kirchenrecht verstoßen habe, war bisher ein rechtschaffender Mann und Bauer gewesen. Luitgard und auch deren Tochter Ottilie schworen auf die Bibel, dass sie die der Hexerei angeklagten Edda mehrfach auf einem Besen haben reiten sehen. Sie habe die Saat des Bösen in die Köpfe der Vogteier Bauern gesät und sie mit ihren Teufelshurenkräften dazu verführt, sich gegen die Kirche aufzulehnen. Am 1. Okto-

ber 1525 wurde Edda den Hexenproben am Kainsprung unterzogen, um sie dann als überführte Hexe an den Mallinden auf dem Scheiterhaufen zu verbrennen. Die Frau sei jedoch bei den Hexenproben ertrunken und somit ihre Unschuld bewiesen worden. Mein Gott, Edda, weißt du, was das heißt?"

Ich zitterte nunmehr am ganzen Körper. „Ich bin keine Hexe, oder doch? Ben, ich lebe, ich bin hier, heißt das, dass ich doch ein Teufelsliebchen bin?"

„Edda, sieh mich an! Das kannst du doch nicht wirklich glauben."

„Ben, ich bin hier, oder –? Ich sollte tot sein, seit fünfhundert Jahren sollte ich tot sein."

„Aber das bist du nicht und dafür bin ich jeden Tag aufs Neue dankbar. Egal, was dich letztlich zu mir geführt hat, du bist bei mir. Ich kann mir ein Leben ohne dich nicht mehr vorstellen."

Er nahm mich in die Arme und wiegte mich sanft hin und her, so wie es mein Vater früher getan hatte, wenn ich hingefallen war. Langsam beruhigte ich mich wieder.

„Wir müssen zu der Quelle, ich muss sehen, ob ich mich erinnern kann. Nur so kann ich mit all den Dingen abschließen."

„In Ordnung, aber lass uns bis morgen warten, es wird schon dunkel."

Die Nacht war lang und ich hatte kaum geschlafen. Ben sah genauso übernächtigt aus, als er sich zu mir an den Frühstückstisch setzte. „Bist du dir sicher, dass du das tun willst? Du weißt doch jetzt, was passiert ist."
„Ich hab es gelesen, aber ich kann mich nicht erinnern. Darin besteht der Unterschied. Ich muss es fühlen, um es zu begreifen, kannst du das verstehen?"
Wortlos nickte er. „Also gut, dann sollten wir es hinter uns bringen."
Hector strich aufgeregt mit dem Schwanz wedelnd um meine Beine.
„Na, braver Hund. Willst du uns begleiten? Dann komm."

Wir liefen an der Baumschule vorbei in Richtung der Erdfallquellen, Hector mit am Boden schnüffelnder Nase ständig vorneweg. Es war ein kalter Morgen. Der Frost hatte das Gras, den Boden, die Äste und Dächer der Häuser mit einer feinen Reifschicht überzogen. Als wir am Kainsprung, der größeren der beiden Quellen, angekommen waren, breitete Ben eine dicke Decke auf dem Boden aus und setzte sich darauf. Als ich mich neben ihm niederließ, legte er seinen Arm um mich.
Wir starrten auf das Wasser, auf dem noch einige Blätter der umstehenden Bäume schwammen, und

warteten auf … ja auf was eigentlich? … eine plötzliche Eingebung?

„Ich glaube, ich mache mir etwas vor. Wie soll ich mich nach all der Zeit erinnern?"

Hastig sprang ich auf und begann, am Rand der Quelle entlang zu laufen, der Setter folgte mir. Bevor ich das Gewässer einmal umrundet hatte, stolperte ich über eine Wurzel und glitt in Richtung Wasser. Der Frost hatte die Blätter zu einer schlüpfrigen Oberfläche verwandelt. Ich rutschte immer näher an die Quelle heran und versuchte mich krampfhaft an allem, was mir in den Weg kam, festzuhalten. Als es mir schließlich gelang, mich an einem Ast, der aus dem Boden ragte, festzuhalten, hing ich schon hüfttief im eiskalten Nass. Der Hund bellte und winselte unablässig, als wäre der Teufel in ihn gefahren.

„Ben, oh mein Gott, Ben, es zieht mich nach unten. Bitte hilf mir, ich werde ertrinken!"

Panisch versuchte ich mich an dem Ast nach oben zu ziehen, aber meine Kleider saugten sich mit dem Wasser voll und zerrten mich immer weiter in die Tiefe. Kurz bevor ich den Halt verlor, griff eine starke Hand nach mir und zog mich aus der Todesfalle.

Zitternd lag ich am Rand der Quelle, als plötzlich erneut Bruchstücke aus meiner Erinnerung über mich hereinbrachen.

„Edda vom Guntramshof, du wirst beschuldigt, eine Hexe zu sein, eine Buhle des Teufels. Du hast deinen Vater und achtunddreißig brave Bauern des Ortes verhext, damit sie sich dem Satan in Gestalt dieses Thomas Müntzer anschließen und gegen die Kirche und das Heilige Römische Reich Verbrechen verüben. Du wurdest gesehen, als du des Nachts auf deinem Besen über die Dächer der Häuser in unserem gottesfürchtigen Ort geritten warst. Du wirst angeklagt, die Milch der Kühe in ihren Eutern verdorben und die letzte Ernte durch eine Heuschreckenplage vernichtet zu haben. Du wirst nun dem heiligen Wasser dieser Quellen übergeben, auf dass Gott über dich richte."
Ein grobschlächtiger Mann zerrte an meinen Haaren und zog mich in Richtung der Uferböschung. Er band meine Hände und Füße zusammen und warf mich ohne zu zögern und durch die Rufe der umstehenden Dorfbevölkerung angefeuert, in die kalten Tiefen des Kainsprungs. Ich versuchte mit aller Macht, wieder an die Wasseroberfläche zu gelangen, um Luft holen zu können, aber die Seile an meinen Fesseln hinderten mich daran. Ich sank tiefer und tiefer. Als ich die Luft nicht mehr anhalten konnte, rang ich nach Atem und Wasser trat in meine Lungen ein. Es wurde dunkel um mich herum.

„Edda, Edda, sieh mich an! Sag mir, dass es dir gut geht!

„Ben, es ist alles wahr, ich kann mich wieder erinnern. Es war furchtbar. Sie haben mich einfach in die Quelle geworfen und zugesehen, wie ich ertrinke."

„Ist schon gut, mein Schatz, ich bin bei dir. Ich werde nicht zulassen, dass irgendjemand dir jemals wieder etwas antut. Das verspreche ich. Komm, wir gehen nach Hause, du musst aus deinen nassen Sachen raus."

Nach Hause, das klang wunderbar. Vor mir lag ein Leben mit dem Mann meiner Träume an meiner Seite. Er liebte mich, egal, wer ich gewesen war, egal, was geschehen würde.

Ben wickelte mich in die Decke, auf der wir zuvor noch gesessen hatten, und führte mich zurück in Richtung des Ortes. „Sag mal, wann wusstest du es?"

„Wann wusste ich was?"

„Dass du mich liebst."

„Genau das habe ich meinen Großvater gefragt. Wann weiß ich, dass ich eine Frau liebe und dass sie die Richtige für mich ist?"

„Und?"

„Wenn ich aufhöre, mich das zu fragen." Lächelnd zog er mich noch fester in seine Arme und küsste mich zärtlich auf den Scheitel.

Ende

Über die Autorin

Yvonne Bauer wurde 1972 in Mühlhausen geboren. Dort ist sie auch zur Schule gegangen und aufgewachsen. Nach dem Abitur hat sie eine Ausbildung zur Fremdsprachensekretärin absolviert und einige Jahre in diesem Beruf gearbeitet. Zehn Jahre später verwirklichte sie ihren Traum und begann ein Medizinstudium, das sie sechs Jahre später erfolgreich abschloss. Seitdem arbeitet sie als Ärztin.

Bereits als Kind hat sie mit selbstgemalten Bildern Geschichten erzählt. Mit dem Schreiben- und Lesenlernen kamen dann Texte hinzu. Parallel dazu verschlang sie einen Roman nach dem Anderen, wobei sie schon immer eine besondere Vorliebe für historische Romane hegte. Vor etwas mehr als drei Jahren hat die Autorin dann mit den Recherchen für ihren ersten Roman Antoniusfeuer begonnen. Dieses Buch ist ihr Debüt und der Auftakt für eine Trilogie. An der Fortsetzung mit dem Titel Marienglut arbeitet sie bereits.

Bisher erschienen:

Antoniusfeuer - Historischer Roman,
ISBN 978-1-49-547507-8, Januar 2014

Ebola, Kurzgeschichte,
ISBN 978-1-50-290188-0, Oktober 2014